Un avestruz con mucha luz

JOSÉ CARLOS ANDRÉS

BEA ENRÍQUEZ

nubeOCHO

Paseando por la **sabana**,
el avestruz **Mariluz** encuentra **una flor**.

La mira,
la huele
y se la come:

¡ÑAM!

Paseando por la **sabana**,
dos avestruces encuentran **dos flores**.

Las miran,
las huelen y
se las comen:

¡ÑAM! ¡ÑAM!

Paseando por la **sabana**,
tres avestruces encuentran **tres** flores.

Las miran,
las huelen y
se las comen:

¡ÑAM!

¡ÑAM!

¡ÑAM!

Paseando por la sabana,
un león ve a **un** avestruz,
se relame hasta el **hocico** y
piensa: **"¡ÑAM!"**.

¡ÑAM!

Paseando por la sabana,
dos leones ven a **dos** avestruces,
se relamen hasta las cejas
y piensan: **"¡ÑAM, ÑAM!"**.

Paseando por la sabana,
tres leones ven a **tres** avestruces,
se relamen hasta las orejas y
piensan: **"¡ÑAM, ÑAM, ÑAM!"**.

De repente, **Mariluz** sale corriendo
y se esconde tras un matorral.

Dos avestruces dicen:
—¿Qué has visto?

Tres leones piensan:
«¿Nos ha visto?».

Mariluz aparece con **un huevo** y dice:
—¡Soy mamá!

Tres avestruces (y **un** huevo) cantan y bailan de alegría.

De repente, las aves ven a los leones y gritan asustadas:

¡Que me come!

Y los leones (también de repente) rugen:

¡Que te como!

Mariluz, protegiendo el huevo bajo su **ala**, dice:

—Ja, je, ji, jo, ju.
Al huevito no lo tocas tú.
Ni tú, ni tú, ni tú.

Al **gruñido** del jefe de la **manada,**
los leones corren hacia sus presas.

Al silbido de Mariluz, las aves
esconden sus cabezas bajo la tierra.

Tres leones rodean a **tres** avestruces (y a **un** huevo).
Los miran, se relamen hasta el rabo y piensan:
«¡ÑAAAM!».

Mariluz, con la cabeza bajo tierra, piensa:
«Ja, je, ji, jo, ju. Al huevito no lo tocas tú. **Ni tú, ni tú, ni tú**».

Mariluz da un fuerte silbido y los avestruces, sacando su cabeza de la tierra, **gritan:**

Del susto, un león se vuelve **blanco**.
Otro se queda **calvo**.
Al tercero se le cae la **dentadura**.

Los avestruces cantan:
—Ja, je, ji, jo, ju. Al huevito no lo tocas tú. **Ni tú, ni tú, ni tú.**
Y los leones salen corriendo.

Paseando por la sabana, el león **sin dientes**
encuentra **una flor,**
la huele y, a falta de sopa, se la come.

El **calvito** encuentra unas **plumas** y,
a falta de melena, se hace una peluca con ellas.

Y el blanco, más **blanco** que un **huevo de avestruz**,
se encuentra con el **arcoíris** y, a falta de color,
se hace multicolor.

Tres avestruces (y **un huevo**) se encuentran con
tres **leones** más raros que un elefante rosa.
Se miran, se huelen, **sonríen** y se hacen **amigos.**

Una **manada** de leones ven a **tres avestruces** (y un **huevo**)
con tres leones más raros que un perro verde.
Los miran, los huelen y se relamen.

De repente, el huevo **se abre**...